陶靖節集卷之三

詩五言

文選五臣注云淵明詩晉所作者皆題年號入宋所作但題甲子而已意者耻事二姓故以異之嘗攷淵明詩有題甲子者始庚子距丙辰凡十七年間只十二首耳皆晉安帝時所作也淵明以乙巳秋為彭澤令在官八十餘日即解印

藝安刋

綬賦歸去來辭後一十六年庚申晉禪宋恭帝元熈二年也寧容晉未禪宋前二十年輙耻事二姓所作詩但題甲子以自取異哉矧詩中又無標晉年號者其所題甲子盖偶記一時之事耳後人類而次之亦非淵明本意秦少游嘗云宋初受命陶潛自以祖侃晉世宰輔耻復屈身投劾而歸耕于潯陽其所著書

自義熙以前題晉年號永初以後但題甲子而已黃魯直詩亦有甲子不數義熙前之句然則少游魯直尚惑於五臣之說他可知矣故著于三卷之首以袪來者之惑云

始作鎮軍叅軍經曲阿

弱齡寄事外委懷在琴書被褐欣自得屢空常晏如時來苟冥會婉孌憩通衢投策命晨裝暫與園田疎眇眇孤舟逝緜緜歸思紆我行豈不遥登陟千里餘目倦川塗異心念山澤居望雲慙高鳥臨水愧游魚真想初在襟誰謂形蹟拘聊且憑化遷終返班生廬班賦求幽貞之所廬

鶴林曰士豈能長守山林長親蓑笠但居市朝軒冕時要使山林蓑笠之念不忘乃為勝耳淵明望雲慙高鳥四句似此胸襟豈為外榮所點染哉山谷曰佩

王而心若槁木立朝而意在東山亦此意

庚子歲五月中從都還阻風於規林 二首

其一

行行循歸路計日望舊居一欣侍温顔再喜見友于洪駒父云以兄弟爲友于歇後語也鼓棹路崎曲指景限西隅江山豈不險歸子念前塗凱風負我心戢枻守窮湖枻以制切楫也高莽眇無界夏木獨森踈誰言

客舟遠近瞻百里餘延目識南嶺空歎將焉如

其二

自古歎行役我今始知之山川一何曠巽坎難與期巽順也坎險也或曰巽風也坎水也言道路行役之艱難崩浪聒天響聒喧語也長風無息時久游戀所生如何淹在茲靜念園林好人間良可辭當年詎有幾縱心復何疑

趙泉山曰二詩皆直叙歸省意

辛丑歲七月赴假還江陵夜行塗中 塗口

按江圖自沙陽下流一百五十里至赤圻赤圻二十里至塗口

閑居三十載遂與塵事寘詩書敦宿好林園無俗情如何捨此去遥遥至南荊叩枻新秋月臨流別友生凉風起將夕夜景湛虛明昭昭天宇闊晶晶川上平懷役不遑寐中宵尚孤征商歌非吾事依依在耦耕投冠旋舊墟不為好爵縈養眞衡茅下庶以善自名

按是時淵明年三十七中間除癸巳為州祭酒乙未距庚子叅鎮軍事三十載家居矣

癸卯歲始春懷古田舍二首

其一

在昔聞南畝當年竟未踐屢空既有人春興豈自免夙晨裝吾駕啓塗情已緬鳥弄歡新節冷風送餘善寒竹被荒蹊地為罕人遠是以植杖

翻悠然不復返即理愧通識所保詎乃淺

其二

先師有遺訓憂道不憂貧瞻望邈難逮轉欲志長勤秉耒歡時務解顏勸農人平疇交遠風良苗亦懷新雖未量歲功即事多所欣耕種有時息行者無問津日入相與歸壺漿勞近鄰長吟掩柴門聊為隴畝民

東坡曰平疇交遠風良苗亦懷新非古

之耦耕植杖者不能道此語非予之世農亦不識此語之妙

癸卯十二月中作與從弟敬遠

寢迹衡門下邈與世相絶顧眄莫誰知荊扉書常閉（閉必結切閟也）淒淒歲暮風翳翳經日雪傾耳無希聲在目皓已潔（潔或作結）勁氣侵襟袖簞瓢謝屢設蕭索空宇中了無一可悦歷覽千載書時時見遺烈高操非所攀謬得固窮節平津苟不由

漢元朔中武帝詔封公孫弘為平津侯栖遲詎為拙寄意一言外

茲契誰能別

鶴林曰傾耳無希聲在目皓已潔此十字雪之輕虛潔白盡在是矣後此者莫能加也

乙巳歲三月為建威參軍使都經錢溪

我不踐斯境歲月好已積晨夕看山川事事悉如昔微雨洗高林清飆矯雲翮眷彼品物存義

風都未隔伊余何為者勉勵從茲役一形似有制素襟不可易園田日夢想安得久離析終懷在歸舟諒哉宜霜栢

趙泉山曰此詩大旨慶遇安帝光復大業不失舊物也

還舊居

疇昔家上京南康志近城五里地名上京亦有淵明故居六載去還歸韓子蒼云淵明自庚子始作建威參軍由參軍為彭澤遂棄官歸是歲乙巳故云六載趙

泉山云自乙未佐鎮軍幕迄今六載韓説益誤今日始復來惻愴多所悲阡陌不移舊邑屋或時非履歷周故居鄰老罕復遺步步尋往迹有處特依依流幻百年中寒暑日相推常恐大化盡氣力不及衰撥置且莫念一觴聊可揮

戊申歲六月中遇火

草廬寄窮巷甘以辭華軒正夏長風急林室頓燒燔一宅無遺宇舫舟蔭門前迢迢新秋夕亭

亭月將圓亭亭高也果菜始復生驚鳥尚未還中宵竚遥念一盼周九天總髮抱孤念奄出四十年形迹憑化往靈府長獨閑貞剛自有質玉石乃非堅仰想東戶時餘糧宿中田鼓腹無所思朝起暮歸眠既已不遇茲且遂灌西園

按靖節舊宅居于柴桑縣之柴桑里至是爲回祿之變越後年徙居於南里之南村

己酉歲九月九日

靡靡秋已夕淒淒風露交蔓草不復榮園木空自凋清氣澄餘滓杳然天界高哀蟬無歸響叢鴈鳴雲霄萬化相尋繹人生豈不勞從古皆有沒念之中心焦何以稱我情濁酒且自陶千載非所知聊以永今朝

庚戌歲九月中於西田穫早稻

人生歸有道衣食固其端孰是都不營而以求自安開春理常業歲功聊可觀晨出肆微勤日入負耒還山中饒霜露風氣亦先寒田家豈不苦弗獲辭此難四體誠乃疲庶無異患干盥濯息簷下斗酒散襟顏遙遙沮溺心千載乃相關但願長如此躬耕非所歎

觀此詩知靖節既休居惟躬耕是資故蕭德施曰安道苦節不以躬耕為耻

丙辰歲八月中於下潠田舍穫 潠蘇困切

貧居依稼穡戮力東林隈不言春作苦常恐負所懷司田眷有秋寄聲與我諧饑者歡初飽束帶候鳴雞揚檝越平湖汎隨清壑迴鬱鬱荒山裏猿聲閑且哀悲風愛靜夜林鳥喜晨開曰余作此來三四星火頹姿年逝已老其事未云乖遥謝荷蓧翁聊得從君栖

蔡寬夫曰秦漢已前字書未備既多假借而音無反切平仄皆通用自齊梁後既拘以四聲又限以音韻故士率以偶儷聲病為工文氣安得不卑弱惟淵明韓退之時時擺脫俗拘忌故栖字與乖字皆取其傍韻用蓋筆力自足以勝之

飲酒二十首

余閑居寡歡兼比夜已長偶有名酒無夕不飲顧影獨盡忽焉復醉既醉之後輙題數句自娛紙墨遂多辭無詮次聊

命故人書之以為歡笑爾

其一

衰榮無定在彼此更共之邵生瓜田中寧似東陵時漢蕭何傳邵平者故秦東陵侯秦破為布衣貧種瓜長安城東瓜美故世謂東陵瓜寒暑有代謝人道每如茲達人解其會逝將不復疑忽與一觴酒日夕歡相持

黄山谷曰衰榮無定在彼此更共之此是西漢人文章他人多少語言盡得此理

其二

積善云有報夷叔在西山善惡苟不應何事空立言九十行帶索饑寒況當年列子孔子遊於太山見榮啓期行乎郕之野鹿裘帶索鼓琴而歌孔子曰先生所以樂何也對曰吾樂甚多天生萬物人為貴吾得為人一樂也男女之別男尊女卑吾得為男二樂也人生有不見日月不免襁褓者吾已行年九十矣三樂也貧者士之常死者人之終處常得終當何憂乎哉孔子曰善哉能自寬也不賴固窮節百世當誰傳

詩眼曰近世名士作詩云九十行帶索榮公老無依余謂之曰陶詩本非警策因有君詩乃見陶之工或譏余貴耳賤目則爲觧曰榮啓期事近出列子不言榮公可知九十則老可知行帶索則無依可知五字皆贅也若淵明意謂至於九十猶不免行而帶索則自少壯至於長老其饑寒艱苦宜如此窮士之所以

可悲也此所謂君子於其言無所苟而已矣古人文章必不虛設

其三

道喪向千載人人惜其情有酒不肯飲但顧世間名所以貴我身豈不在一生一生復能幾倏如流電驚鼎鼎百年内持此欲何成

其四

棲棲失群鳥日暮猶獨飛徘徊無定止夜夜聲

轉悲厲響思清遠去來何依依自值孤生松斂
翮遙來歸勁風無榮木此蔭獨不衰託身已得
所千載不相違

附麗于宋

趙泉山曰此詩譏切殷景仁顏延年輩

其五

結廬在人境而無車馬喧問君何能爾心遠地
自偏採菊東籬下悠然見南山山氣日夕佳飛

鳥相與還此中有真意欲辯已忘言

王荊公曰淵明詩有奇絕不可及之語
如結廬在人境四句由詩人以來無此
句

東坡曰採菊之次偶然見山初不用意
而景與意會故可喜也

敬齋曰前輩有佳句初未之知後人尋
繹出來始見其工如淵明悠然見南山

方在籬間把菊時安知其高老杜佳作
最多尤不自知也如是則撞破煙樓手
段豈能有得耶
蔡寬夫曰俗本多以見為望字若爾便
有褰裳濡足之態矣一字之誤害理如
此
張九成曰此即淵明畎畝不忘君之意
也

其六

行止千萬端誰知非與是是非苟相形雷同共
譽毀三季多此事漢敘傳三季之後計云三代之末也達士似不
爾咄咄俗中惡咄丁骨切叱也且當從黃綺
湯東澗曰此篇言季世出處不齊士皆
以乘時自奮為賢吾知從黃綺而已世
俗之是非毀譽非所計也

其七

秋菊有佳色裛露掇其英（裛於汲切　掇都奪切）況此忘憂物遠我遺世情（遠于願切）一觴雖獨進杯盡壺自傾日入群動息歸鳥趨林鳴嘯傲東軒下聊復得此生

定齋曰自南北朝以來菊詩多矣未有能及淵明詩語盡菊之妙如秋菊有佳色他華不足以當此一佳字然終篇寓意高遠皆繇菊而發耳

艮齋曰秋菊有佳色一語洗盡古今塵俗氣

東坡曰靖節以無事為得此生則見役於物者非失此生耶

韓子蒼曰余嘗謂古人寄懷於物而無所好然後為達況淵明之真其於黃花直寓意耳至言飲酒適意亦非淵明極致向使無酒但悠然見南山其樂多矣

遇酒輙醉醉醒之後豈知有江州太守
哉當以此論淵明

其八

青松在東園衆草没奇姿凝霜殄異類卓然見
高枝連林人不覺獨樹衆乃奇提壺挂寒柯遠
望時復為吾生夢幻間何事紲塵羈

其九

清晨聞叩門倒裳往自開問子為誰歟田父有
好懷壺漿遠見候疑我與時乖繿縷茅簷下未
足為高栖一世皆尚同願君汨其泥（汨古沒切）深感
父老言稟氣寡所諧紆轡誠可學違己詎非迷
且共歡此飲吾駕不可回

趙氏註杜甫宿羌村第二首云一篇之
中賓主既具問答了然可以比淵明此
首

趙泉山曰時輩多勉靖節以出仕故作

是篇

其十

在昔曾遠遊直至東海隅道路迥且長風波阻中塗此行誰使然似為饑所驅傾身營一飽少許便有餘恐此非名計息駕歸閑居

趙泉山曰此篇述其為貧而仕

其十一

顏生稱為仁榮公言有道屢空不獲年長饑至

于老雖留身後名一生亦枯槁死去何所知稱心固為好客養千金軀臨化消其寶裸葬何必惡（前漢楊王孫臨終令其子曰吾欲裸葬以反吾眞死則為布囊盛尸入地七尺既下從足引脫其囊以身親土其子遂裸葬）人當解意表

東坡曰客養千金軀臨化消其寶寶不過軀軀化則寶亡矣人言靖節不知道吾不信也

東澗曰顏榮皆非希身後名正以自遂

其志耳保千金之軀者亦終歸於盡則裸葬亦未可非也或曰前八句言名不足賴後四句言身不足惜淵明觧處正在身名之外也

其十二

長公曾一仕壯節忽失時杜門不復出終身與世辭張釋之子張摯字長公官至大夫仲理楊免以不能取容當世終身不仕倫歸大澤高風始在兹一往便當已何為復狐疑去去當奚道世俗久相欺擺落悠悠談請從余所之

其十三

有客常同止趣捨邈異境一士長獨醉一夫終年醒醒醉還相笑發言各不領規規一何愚兀傲差若頴寄言酣中客日没燭當炳

湯東澗曰醒者與世計分曉而醉者頹然聽之而已淵明盖沈冥之逃者故以

醒為愚而以兀傲為頴耳

其十四

故人賞我趣挈壺相與至班荊坐松下數斟已復醉父老雜亂言觴酌失行次不覺知有我安知物為貴悠悠迷所留酒中有深味

張文潛曰陶元亮雖嗜酒家貧不能常飲酒而況必飲美酒乎其所與飲多田野樵漁之人班坐林間所以奉身而悅口腹者畧矣

石林詩話曰晉人多言飲酒有至沉醉者此未必意真在酒蓋方時艱人各懼禍惟託於醉可以粗遠世故耳

其十五

貧居乏人工灌木荒余宅（灌木叢木也）班班有翔鳥寂寂無行跡宇宙一何悠人生少至百歲月相催逼鬢邊早已白若不委窮達素抱深可惜

其十六

少年罕人事游好在六經行行向不惑淹留遂無成竟抱固窮節饑寒飽所更弊廬交悲風荒草沒前庭披褐守長夜晨鷄不肯鳴孟公不在玆終以翳吾情前漢陳遵字孟公嗜酒每大飲賓客滿堂

其十七

幽蘭生前庭含薰待清風清風脫然至見别蕭艾中行行失故路任道或能通覺悟當念還鳥盡廢良弓

湯東澗曰蘭薰非清風不能别賢者出處之致亦待知者知耳淵明在彭澤日有悵然慷慨深愧平生之語所謂失故路也惟其任道而不牽於俗故卒能回車復路云耳鳥盡弓藏蓋借昔人去國之語以喻己歸田之志

其十八

子雲性嗜酒家貧無由得時賴好事人載醪祛所惑（揚雄家貧嗜酒人希至其門好事者載酒殽從游學）觴來爲之盡是諮無不塞有時不肯言豈不在伐國仁者用其心何嘗失顯默

湯東澗曰此篇蓋托子雲以自況故以栁下惠事終之五栁先生傳云性嗜酒家貧不能常得親舊或置酒招之造飲輙盡

其十九

疇昔苦長饑投耒去學仕將養不得節凍餒固纏已是時向立年志意多所耻遂盡介然分終死歸田里冉冉星氣流亭亭復一紀世路廓悠悠楊朱所以止（淮南說林訓楊子見逵路而哭之為其可以南可以北墨子見練絲而泣之為其可以黃可以黑）雖無揮金事（文選張協詩二疏詩云揮金樂當年）濁酒聊可恃

按彭澤之歸在義熙元年乙巳此云復

一紀則賦此飲酒當是義熙十二三年間

其二十

羲農去我久舉世少復眞汲汲魯中叟孔子彌縫使其淳鳳鳥雖不至禮樂暫得新洙泗輟微響漂流逮狂秦詩書復何罪一朝成灰塵區區諸老翁為事誠殷勤如何絕世下六籍無一親終日馳車走不見所問津若復不快飲空負頭上巾但恨多謬誤君當恕醉人

東澗曰諸老翁似謂漢初伏生諸人退之所謂群儒區區脩補者劉歆移太常書亦可見不見所問津蓋淵明自況於沮溺而歎世無孔子徒也

東坡曰但恐多謬誤君當恕醉人此未醉時說也若已醉何假憂誤哉然世人言醉時是醒時語此最名言

止酒

居止次城邑逍遥自閑止坐止高蔭下步止蓽門裏好味止園葵大懽止稚子平生不止酒止酒情無喜暮止不安寢晨止不能起日日欲止之營衛止不理徒知止不樂未知止利己始覺止爲善今朝真止矣從此一止去將止扶桑涘山海經云黑齒之北曰暘谷有扶木九日居下枝一日居上枝皆戴烏郭璞云扶木扶桑也清顔止宿容奚止千萬祀

胡仔曰坐止高蔭下四句余反覆味之然後知淵明之用意非獨止酒於此四者皆欲止之故坐止於樹蔭之下則廣厦華堂吾何羡焉步止於蓽門之裏則朝市深利吾何趨焉好味止於噉園葵則五鼎方丈吾何欲焉大歡止於戲稚子則燕歌趙舞吾何樂焉在彼者難求而在此者易爲也淵明固窮守道安於

立園疇肯以此易彼乎

述酒

舊注儀狄造杜康潤色之

宋本云此篇與題非本意諸本如此誤

重離照南陸鳴鳥聲相聞秋草雖未黄融風久已分素礫皛脩渚南嶽無餘雲豫章抗高門重華固靈墳（豫章宋武始封重華恭帝禪遜事）流淚抱中歎傾耳聽司晨神州獻嘉粟西靈為我馴諸梁董師旅

羊勝喪其身（黄山谷云羊勝當是芊勝芊勝白公也沈諸梁葉公也殺白公勝）山陽歸下國（魏降漢獻帝為山陽公卒弑之）成名猶不勤卜生善斯牧安樂不為君平王（從韓子蒼本舊作生）去舊京峽中納遺薰雙陵甫云育三趾顯奇文王子愛淸吹日中翔河汾朱公練九齒閑居離世紛峩峩西嶺內偃息常所親天容自永固彭殤非等倫

黄山谷曰此篇有其義而亡其辭似是讀異書所作其中多不可觧

韓子蒼曰余反覆之見山陽歸下國之句盖用山陽公事疑是義熙以後有所感而作也故有流淚抱中歎平王去舊京之語淵明忠義如此今人或謂淵明所題甲子不必皆義熙後此亦豈足論淵明哉惟其高舉遠蹈不受世紛而至於躬耕乞食其忠義亦足見矣

趙泉山曰此晉恭帝元熙二年也六月十一日宋王裕迫帝禪位既而廢帝為零陵王明年九月潛行弒逆故靖節詩中引用漢獻事今推子蒼意考其退休後所作詩類多悼國傷時感諷之語然不欲顯斥故命篇云雜詩或託以述酒飲酒擬古惟述酒間寓以他語使漫奧不可指摘今於名篇姑見其一二句警要者餘章自可意逆也如豫章抗高門

重華固靈墳此豈述酒語耶三季多此事慷慨爭此場忽值山河改其微旨端有在矣類之風雅無愧誄稱靖節道必懷邦劉良註懷邦者不忘於國故無為子曰詩家視淵明猶孔門視伯夷也

湯東澗曰按晉元熙二年六月劉裕廢恭帝為零陵王明年以毒酒一甖授張偉使酖王偉自飲而卒繼又令兵人踰垣進藥王不肯飲遂掩殺之此詩所為作故以述酒名篇詩辭盡隱語故觀者弗省獨韓子蒼以山陽下國一語疑是義熙後有感而賦予反覆詳考而後知決為零陵哀詩也昔蘇子讀述史九章曰去之五百歲吾猶見其人也豈虛言哉

責子

舒儼宣俟雍份端佚通佟共五人舒宣雍端通皆小名也

白髮被兩鬢肌膚不復實雖有五男兒總不好紙筆阿舒（儼）已二八懶惰故無匹阿宣（俟）行志學而不愛文術雍（份）端（佚）年十三不識六與七通（佟）子垂九齡但覓梨與栗天運苟如此且進杯中物

黃山谷曰觀淵明此詩想見其人慈祥戲謔可觀也俗人便謂淵明諸子皆不肖而淵明愁歎見於詩耳所謂癡人前

不得說夢也

有會而作（并序）

舊穀既沒新穀未登頗為老農而值年災日月尚悠為患未已登歲之功既不可希朝夕所資煙火裁通旬日已來始念饑乏歲云夕矣慨然永懷今我不述後生何聞哉

弱年逢家乏老至更長饑菽麥實所羡孰敢慕

非肥愍如亞九飯也（愍餓也）當著厭寒衣歲月將欲暮如何辛苦悲常善粥者心㴒恨蒙袂非嗟來何足吝徒没空自遺斯濫豈彼志固窮夙所歸餒也已矣夫在昔余多師

趙泉山曰此篇述其艱食之悰尤為酸楚老至更長饑是終身未嘗足食也

蜡日（蜡助駕切）

蜡臘祭名伊耆氏始為蜡蜡也者索也

歲十二月合聚萬物而索饗之也

風雪送餘運無妨時已和梅柳夾門植一條有佳花我唱爾言得酒中適何多未能明多少章山有奇歌

四時（此顧凱之神情詩類文有全篇然顧詩首尾不類獨此警絶）

春水滿泗澤夏雲多奇峯秋月揚明暉冬嶺秀孤松

劉斯立曰當是凱之用此足成全篇篇

中惟此警策居然可知或雖顱作淵明

摘出四句可謂善擇矣

許彥國詩話曰此詩乃顱長康詩誤入

彭澤集

陶靖節集卷之三

陶靖節集卷之四

詩五言

擬古 九首

其一

榮榮窓下蘭密密堂前栁與君别時不謂行當久出門萬里客中道逢嘉友未言心相醉不在接杯酒蘭枯栁亦衰遂令此言負多謝諸少年相知不忠厚意氣傾人命離隔復何有

其二

辭家夙嚴駕當往志無終問君今何行非商復非戎聞有田子春節義為士雄斯人久已死鄉里習其風生有高世名既沒傳無窮不學狂馳子直在百年中

田疇字子春漢北平無終人時董卓遷帝于長安幽州牧劉虞欲遣使奔問行在無其人聞疇奇士乃署為從事疇將行道路阻絶遂循間道至長安致命詔拜騎都尉疇以天子蒙塵不可荷佩榮寵固辭不受得報還虞已為公孫瓚所害疇謁虞墓哭泣而去瓚怒曰汝何不送章報於我疇答曰云云瓚壯之疇得北歸遂入徐無山中

其三

仲春遘時雨始雷發東隅衆蟄各潛駭草木從橫舒翩翩新來燕雙雙入我廬先巢故尚在相將還舊居自從分別來門庭日荒蕪我心固匪石君情定何如

其四

迢迢百尺樓分明望四荒暮作歸雲宅朝為飛鳥堂山河滿目中平原獨茫茫古時功名士慷慨爭此場一旦百歲後相與還北邙（音忙）松柏為人伐高墳互低昂頹基無遺主遊魂在何方榮華誠足貴亦復可憐傷

其五

東方有一士被服常不完三旬九遇食（說苑子思三旬九食）十年著一冠辛苦無此比常有好容顏我欲觀其人晨去越河關青松夾路生白雲宿簷端知我故來意取琴為我彈上絃驚別鶴下絃操

孤鸞願留就君住從今至歲寒

其六

蒼蒼谷中樹冬夏常如茲年年見霜雪誰謂不知時厭聞世上語結友到臨淄稷下多談士指彼決吾疑裝束既有日已與家人辭行行停出門還坐更自思不怨道里長但畏人我欺萬一不合意永為世笑之伊懷難具道為君作此詩

湯東澗曰前四句興而比以言吾有定見而不為談者所眩似謂白蓮社中人也

其七

日暮天無雲春風扇微和佳人美清夜達曙酣且歌曙東方明歌竟長歎息持此感人多皎皎雲間月灼灼葉中華豈無一時好不久當如何

其八

少時壯且厲撫劍獨行游誰言行游近張掖至

幽州饑食首陽薇渴飲易水流荆軻為燕太子丹刺秦王太子及賓客皆送至易水之上不見相知人惟見古時丘路邊兩高墳伯牙與莊周此士難再得吾行欲何求

東澗曰首陽易水亦寓憤世之意説苑鍾子期死而伯牙絶絃破琴知世莫可為鼓也惠施卒而莊子深瞑不言見世莫可語也伯牙之琴莊周之言惟鍾惠能聽今有能聽之人而無可聽之言此

禔

淵明所以罷遠游也

其九

種桑長江邊三年望當採枝條始欲茂忽值山河改柯葉自摧折根株浮滄海春蠶既無食寒衣欲誰待本不植高原今日復何悔

東澗曰業成志樹而時代遷革不復可騁然生斯時矣奚所歸悔耶

雜詩十二首

其一

人生無根蔕飄如陌上塵分散逐風轉此已非常身落地為兄弟何必骨肉親得歡當作樂斗酒聚比隣盛年不重來一日難再晨及時當勉勵歲月不待人

其二

白日淪西河素月出東嶺遥遥萬里輝蕩蕩空中景風來入房户夜中枕席冷氣變悟時易不眠知夕永欲言無予和揮杯勸孤影日月擲人去有志不獲騁念此懷悲悽終曉不能靜

其三

榮華難久居盛衰不可量昔為三春蕖今作秋蓮房嚴霜結野草枯悴未遽央日月有環周我去不再陽眷眷往昔時憶此斷人腸

湯東澗曰此篇亦感興亡之意

其四

丈夫志四海我願不知老親戚共一處子孫還相保觴絃肆朝日罇中酒不燥緩帶盡歡娛起晚眠常早孰若當世士冰炭滿懷抱百年歸丘壟用此空名道

其五

憶我少壯時無樂自欣豫猛志逸四海騫翮思遠翥荏苒歲月頹此心稍已去值歡無復娛每每多憂慮氣力漸衰損轉覺日不如壑舟無須

臾引我不得住前塗當幾許未知止泊處古人惜寸陰念此使人懼

湯東澗曰太白詩云百歲落半塗前期浩漫漫中宵不成寐天明起長歎人生學無歸宿者例有此歎必聞道而後免此此淵明所以惜寸陰歟

其六

昔聞長者言掩耳每不喜奈何五十年忽見親

山中求我盛年歡（君予自二十一至二十九則為盛年）一毫無復意去去轉欲遠此生豈再值傾家時作樂竟此歲月駛有子不留金何用身後置

按此詩靖節年五十作也時義熙十年甲寅於廬山東林寺主釋慧遠集緇素百二十有三人於山西巖下般若臺精舍結白蓮社歲以春秋二節同寅協恭朝宗靈像也及是秋七月二十八日命劉遺民撰同誓文以申嚴斯事其間譽望尤著為當世推重者號社中十八賢（劉遺民張詮雷次宗宗炳周續之張野等預焉）時秘書丞謝靈運才學為江左冠而負才傲物少所推挹一見遠公遽改容致敬因於神殿後鑿二池植白蓮以規求入社遠公察其心雜拒之靈運晚節疎放不檢果不克令終中書侍郎范甯直節立朝為權貴

譛忌出守豫章遠公移書邀入社竇辭
不至盖未能頓委世緣也靖節與遠公
雅素靈為方外交而不顧齒社列遠公
遂作詩傳酒鄭重招致竟不可詘按梁
僧慧皎高僧傳遠公持律精苦雖豉酒
米汁及蜜水之微且誓死不犯乃欽靖
節風槩願我能致之者力為之不假郵
靖節反麾而謝之或與樵蘇田父班荊

道舊于何庸流能窺其趣哉靖節每來
社中一日謁遠公甫及寺外聞鐘聲不
覺顰容遽命還駕法眼禪師晚叅示衆
云今夜鐘鳴復來有何事若是陶淵明
攢眉郤迴去此靖節洞明心要惟法眼
特為揄揚張商英有詩云虎溪回首去
陶令趣何深謝無逸詩云淵明從遠公
了此一大事下視區中賢畧不可人意

遠公居山餘三十年影不出山跡不入俗送賓游履常以虎溪為界他日偕靖節簡寂禪觀主陸修靜語道不覺過虎溪數百步虎輒驟鳴因相與大笑而別石恪遂作三笑圖東坡贊之李伯時蓮社圖李元宗紀之足標一時之風致云

其七

日月不肯遲四時相催迫寒風拂枯條落葉掩長陌弱質與運頹玄鬢早已白（靖節早年髮白）素標插人頭前塗漸就窄家為逆旅舍我如當去客去去欲何之南山有舊宅

其八

代耕本非望所業在田桑躬親未曾替寒餒常糟糠豈期過滿腹但願飽粳糧御冬足大布麁絺以應陽正爾不能得（山谷云正爾不能得乃當時語改作止甚失語法）哀哉亦可傷人皆盡獲宜拙生失其方理也

可奈何且爲陶一觴

其九

遥遥從羇役一心處兩端掩淚汎東逝順流追時遷日沒星與昴勢翳西山巔蕭條隔天涯惆悵念常飡慷慨思南歸路遐無由緣關梁難虧替絶音寄斯篇

其十

閑居執蕩志時駛不可稽驅役無停息軒裳逝

東崖沉陰擬薰麝寒氣激我懷歲月有常御我來淹已彌慷慨憶綢繆此情久已離荏苒經十載暫爲人所羇庭宇翳餘木倏忽日月虧

其十一

我行未云遠回顧慘風凉春燕應節起高飛拂塵梁邊鴈悲無所代謝歸北鄉離鵾鳴清池涉暑經秋霜愁人難爲辭遥遥春夜長

其十二

嬋娟松標崖婉孌柔童子年始三五間喬柯何可倚養色含津氣粲然有心理

東坡和陶無此篇

詠貧士 七首

其一

萬族各有託孤雲獨無依曖曖空中滅何時見餘暉朝霞開宿霧衆鳥相與飛遲遲出林翮未夕復來歸量力守故轍豈不寒與饑知音苟不

存已矣何所悲

湯東澗曰孤雲倦翮以興舉世皆依乘風雲而已獨無攀援飛翻之志寧忍饑寒以守志節縱無知此意者亦不足悲也

其二

淒厲歲云暮擁褐曝前軒南圃無遺秀枯條盈北園傾壺絕餘瀝闚竈不見煙詩書塞座外日

昃不遑研閑居非陳厄竊有愠見言何以慰吾懷賴古多此賢

其三

榮叟老帶索欣然方彈琴（見飲酒註）原生納决屨清歌暢高音（原憲）重華去我久貧士世相尋弊襟不掩肘藜羹常乏斟豈忘襲輕裘苟得非所欽賜也徒能辯乃不見吾心

其四

安貧守賤者自古有黔婁（劉向列女傳魯黔婁妻妻者魯黔婁先生之妻也先生死曾子哭之畢曰何以為謚其妻曰以康為謚曾子曰先生在時食不充口衣不蓋形死則手足不斂何樂於此而謚為康寧其妻曰昔先生君嘗欲授之政以為國相辭而不受是有餘貴也君嘗賜之粟三十鍾辭而不受是有餘富也彼先生者甘天下之淡味安天下之卑位不戚戚於貧賤不忻忻於富貴求仁得仁求義得義其謚曰康不亦宜乎）好爵吾不榮厚饋吾不酬一旦壽命盡弊服仍不周豈不知其極非道故無憂從來將千載未復見斯儔朝與仁義生夕死復何求

其五

袁安困積雪邈然不可干晉書洛陽大雪丈餘縣令出見袁安門無行迹謂其已死入見安僵臥問其故答曰大雪人乏食不宜干人令賢之舉孝廉阮公見錢入即日棄其官芻藁有常溫採莒足朝飡豈不實辛苦所懼非饑寒貧富常交戰道勝無戚顏至德冠邦閭清節映西關

其六

仲蔚愛窮居遶宅生蒿蓬翳然絕交游賦詩頗能工舉世無知者止有一劉龔張仲蔚善屬文好詩賦常居窮素所處蓬蒿沒人閉門養性時人莫知惟劉龔知之此士胡獨然寔由罕所同介焉安其業所樂非窮通莊子古之得道者窮亦樂通亦樂所樂非窮通也人事固以拙聊得長相從

其七

昔在黃子廉黃蓋傳云南陽太守黃子廉之後也彈冠佐名州一朝辭吏歸清貧畧難儔年饑感仁妻泣涕向我流丈夫雖有志固為兒女憂惠孫一晤歎腆贈

老揮觴道平素問金終寄心清言曉未悟放意樂餘年遑恤身後慮誰云其人亡久而道彌著

東坡曰詠二疏詩淵明未嘗出二疏既出而知返其志一也或以謂既出而返如從病得愈其味勝於初不病此惑者顛倒見耳

東澗曰二疏取其歸三良與主同死荊卿為主報仇皆託古以自見云

詠三良并序

三良子車氏子奄息仲行鍼虎穆公殁康公從治命以三子為殉國人哀之賦黃鳥

彈冠乘通津但懼時我遺服勤盡歲月常恐功愈微忠情謬獲露遂為君所私出則陪文輿入必侍丹帷箴規嚮已從計議初無虧一朝長逝後願言同此歸厚恩固難忘君命安可違臨穴

罔惟疑投義志攸希荊棘籠高墳黄鳥聲正悲良人不可贖泫然沾我衣

葛常之曰三良以身殉秦穆之葬黄鳥之詩哀之序詩者謂國人刺繆公以人從死則咎在秦穆不在三良矣王仲宣云結髪事明君受恩良不訾臨没要之死焉得不相隨陶元亮云厚恩固難忘君命安可違是皆不以三良之死爲非也至李德裕則謂社稷死則死之不可許之死欲與梁丘據安陵君同譏則是罪三良之死非其所矣然君命之於前衆驅之於後爲三良者雖欲不死得乎惟栁子厚云疾病命固亂魏氏言有章從邪陷厥父吾欲討彼狂使康公能如魏顆不用亂命則豈至陷父於不義如此哉東坡和陶亦云顧命有治亂臣子

得從逵魏顆眞孝愛三良安足希似與栁子之論合審如是則三良不能無罪然坡公過秦穆墓詩乃云穆公生不誅孟明豈有死之日而恐用其良乃知三子狥公意亦如齊之二子從田横則又言三良之殉非穆公之意也

詠荊軻

燕丹善養士志在報強嬴招集百夫良歲暮得

荊卿君子死知己提劍出燕京素驥鳴廣陌慷慨送我行雄髮指危冠猛氣充長纓飲餞易水上四座列群英漸離擊悲筑宋意唱高聲（淮南子高漸離宋意爲擊筑而歌於易水之上）蕭蕭哀風逝淡淡寒波生商音更流涕羽奏壯士驚心知去不歸且有後世名登車何時顧飛蓋入秦庭凌厲越萬里逶迤過千城圖窮事自至豪主正怔營惜哉劍術踈（魯句踐聞荊軻之刺秦王曰惜哉其不講於刺劍之術也）奇功遂不成其人

雖已沒千載有餘情

朱文公曰淵明詩人皆說平淡看他自豪放得來不覺其露出本相者是詠荊軻一篇平淡底人如何說得這樣言語出來

讀山海經 按讀山海經穆天子傳止題讀山海

其一

孟夏草木長遶屋樹扶疎衆鳥欣有託吾亦愛

吾廬旣耕亦已種時還讀我書窮巷隔深轍頗迴故人車歡然酌春酒摘我園中蔬微雨從東來好風與之俱汎覽周王傳周穆天子傳者太康二年汲縣民發古塚所獲書也流觀山海圖俯仰終宇宙不樂復何如

其二

玉臺凌霞秀王母怡妙顏天地共俱生不知幾何年靈化無窮已館宇非一山高酣發新謠寧效俗中言

山海經云玉山王母所居又云處崑崙之丘郭璞註云王母亦自有離宮別館不專住一山也穆天子傳西王母宴穆王於瑤池之上為天子謠曰云云

其三

逍遙槐江嶺是謂玄圃丘西南望崑墟光氣難與儔亭亭明玕照落落清瑤流恨不及周穆託乘一來游

山海經云槐江之山其上多琅玕實惟帝之平圃南望崑崙其光熊熊其氣魂魂爰有淫流其清洛洛平圃即玄圃淫流上音遙○穆傳天子銘跡於玄圃之上

其四

丹木生何許迺在峚音密山陽黄花復朱實食之壽命長白玉凝素液瑾瑜發奇光豈伊君子寳

見重我軒黄

山海經云峚山上多丹木黄華而赤實食之不饑丹水出焉其中多白玉是有玉膏黄帝是食是饗瑾瑜之玉為良潤澤而有光君子服之以禦不祥

其五

翩翩三青鳥毛色奇可憐朝為王母使暮歸三危山我欲因此鳥具向王母言在世無所須惟

酒與長年

山海經云三青鳥主為西王母取食又曰三危之山三青鳥居之

其六

逍遥蕪皐上杳然望扶木洪柯百萬尋森散覆暘谷靈人侍丹池朝朝為日浴神景一登天何幽不見燭

山海經云大荒之中有山上有扶木柱

三百里有谷曰暘谷上有扶木註云扶
桑在上

其七

粲粲三珠樹寄生赤水陰亭亭凌風桂八榦共
成林靈鳳撫雲舞神鸞調玉音雖非世上寶爰
得王母心

山海經云三珠樹生赤水上其樹如栢
葉皆為珠○桂林八樹在番隅東八樹

而成林言其大也○載民之國爰有歌
舞之鳥鸞鳥自歌鳳鳥自舞

其八

自古皆有沒何人得靈長不死復不老萬歲如
平常赤泉給我飲員丘足我糧方與三辰游壽
考豈渠央

山海經云不死民在交脛國東其人黑
色壽不死

其九

夸父誕宏志乃與日競走俱至虞淵下似若無勝負神力既殊妙傾河焉足有餘迹寄鄧林功竟在身後

山海經云夸父不量力欲追日景逮之於禺谷渴欲得飲飲於河渭河渭不足北飲大澤未至道渴而死棄其杖化為鄧林注夸父者神人之名也其能及日

景而傾河渭豈以走飲哉

其十

精衛銜微木將以塡滄海刑天舞干戚猛志故常在同物既無慮化去不復悔徒設在昔心良晨詎可待

山海經云精衛炎帝之少女名曰女娃游于東海溺而不反故為精衛常銜西山之木石以堙東海

曾紘曰余嘗評陶公詩語造平淡而寓意深遠外若枯槁中實敷腴眞詩人之冠冕也平生酷愛此作每以世無善本為恨因山海經詩云形夭無千歲猛志固常在疑上下文義不相貫遂取山海經參校經中有云刑天獸名也口中好御干戚而舞乃知此句是刑天舞干戚故與猛志固常在相應五字皆訛盖字畫相近無足怪者因思宋宣獻言校書如拂几上塵旋拂旋生豈欺我哉

其十一

巨猾肆威暴欽駓違帝旨窫窳（上音軋下音愈）強能變祖江遂獨死明明上天鑒為惡不可履長枯固已劇鵕鶚豈足恃

山海經云鍾山神其子曰鼓是與欽鴀（音邳）殺祖江于崑崙之陽帝乃戮之欽鴀

化為大鶚鼓亦化為鵕鳥見則其邑大旱○窫窳龍首居弱水中注云本蛇身人面為貳負臣所殺復化而成此物

其十二

鵃鴜（當作鴸鴸）見城邑其國有放士念彼懷生世當時數來止青丘有奇鳥自言獨見爾本為迷者生不以喻君子

山海經云柜山有鳥其狀如鵄其名曰鴸（音朱）見則其縣多放士注放逐也青丘之山有鳥狀如鳩

其十三

巖巖顯朝市帝者慎用才何以廢共鯀重華為之來仲父獻誠言姜公乃見猜臨沒告饑渴當復何及哉

擬挽歌辭三首

其一

有生必有死早終非命促昨暮同為、人今旦在鬼錄魂氣散何之枯形寄空木嬌兒索父啼良友撫我哭得失不復知是非安能覺千秋萬歲後誰知榮與辱但恨在世時飲酒不得足

其二

在昔無酒飲今但湛空觴春醪生浮蟻何時更能嘗殽案盈我前親舊哭我傍欲語口無音欲視眼無光昔在高堂寢今宿荒草鄉一本有荒草無人眠

極視正茫茫二句一朝出門去、歸來夜未央、

其三

荒草何茫茫、白楊亦蕭蕭、嚴霜九月中、送我出遠郊、四面無人居、高墳正嶕嶢、馬為仰天鳴、風為自蕭條、幽室一已閉、千年不復朝、千年不復朝、賢達無奈何、向來相送人、各自還其家、親戚或餘悲、他人亦已歌、死去何所道、託體同山阿、

祁寬曰昔人自作祭文挽詩者多矣或

寓意騁辭成於暇日寬攷次靖節詩文乃絶筆於祭挽三篇盖出於屬纊之際者辭情俱達尤為精麗其於晝夜之道了然如此古之聖賢唯孔子曾子能之見於曳杖之歌易簀之言嗟哉斯人没七百年未聞有稱贊及此者因表而出之附于卷末

趙泉山曰嚴霜九月中送我出遠郊與自祭文律中無射之月相符知挽辭乃將逝之夕作是以梁昭明采此辭入選止題曰陶淵明挽歌而編次本集者不悟乃題云擬挽歌辭曾端伯曰秦少游將亡效淵明自作哀挽王平甫亦云九月清霜送陶令此則挽辭決非擬作從可知矣

又曰晉桓伊善挽歌庾晞亦喜為挽歌

每自搖大鈴為唱使左右齊和袁山松遇出遊則好令左右作挽歌類皆一時名流達士習尚如此非如今之人側以為悼亡之語而惡言之也

按蘇劉皆不和豈畏死耶

聯句

鳴鴈乘風飛去去當何極念彼窮居士如何不歎息 淵明 雖欲騰九萬扶搖竟何力遠招王子喬雲駕庶可飭 愔之 顧侶正徘徊離離翔天側霜露豈不切務從忘愛翼 循之 高柯濯條幹遠眺同天色思絕慶未看徒使生迷惑

陶靖節集卷之四